목련 바라밀

목련 바라밀

이선

311

실천문학

제 1 부

제2부

제3부

제 4 부

제 1 부

북광장北廣場에 가면

우두커니 앉아 있는 노인들
으레 함께 있는 비둘기들

잿빛 한통속이 되어 서로 데면데면하다

자리 비켜 양보하는 비둘기들이
바닥에 떨어지는 회색빛
이야기를 쪼아먹는다

서로의 사정 잘 알면서
모르는 척하는

그것이 애틋함인지 그리움인지 저리
매일같이 만나 맨숭맨숭

세상 누구보다 가까운 사이

벚나무들도 제 그늘 풀어 놓고

기웃거리는

북광장에 가면
노인과 비둘기
벚나무 그늘

고장 난 해후

해후 역 1번 출구 시커멓게 잠든 남자
잔뜩 쪼그린 주림이 정강이를 타고 흐른다
누구에게 주먹을 날렸는지 어디
고꾸라졌는지
반숙란처럼 푸들푸들 부풀어 오른 한쪽
눈두덩에 거즈를 붙였다
남루한 행색이 스치기만 해도
냄새가 스밀 듯한데
지나가는 날 흐린 시선쯤 진작에 털어냈으리
나는 곁눈질을 하며 계단을 밟았다
어느 생이었나, 내 사랑이었던 것 같아
유월 숲을 걸으며 우리 바라보던 눈동자에
녹음이 깊었으리
먼 길 돌아 어쩌하여 여기 보이지 않는
계절의 문턱을 넘는가
아늑한 잠에 빠진 당신 곁을 지나가는
내 발길은 폐허처럼 갈 곳 없이
천 년을 건너온 어느 고장 난 해후
다시 천 년 멀어진다

누더기 개

동구 밖 개 한 마리
다리 밑 축축한 검불 잠을 깬다
덕지덕지 내려앉은 아침 햇살
누더기 걸치고 길을 나선다

잃어버린 주인을 찾는 건지
로드킬을 기다리는 건지
맨날 같은
그 자리 물 한 방울 나지 않는 콘크리트
자동차가 지날 때마다 피웠다가 떨군 눈망울
얼마였던가

무슨 그리움이 저리 지독해
먹을 것을 챙겨 주는 마을
아주머니에게조차 곁을 주지 않는다는

떠돌이
개밥바라기 저녁이면 다시

절뚝이는 복찻다리 밑

날 저문 몸뚱이를 누일 것이다

골목길 연가

골목길 걸으러 마트 간다
3층짜리 세원빌라가 지나가고
4층짜리 한성빌라가 다가온다

배좁은 공동 현관 쪽에 조무래기 화분
바글바글해야 빈티가 나지
빈티 나서 평화롭고
빈티 나서 자유로운
한 줌 흙 화분에 뿌리내린 고추와 상추
대파와 부추가 어깨동무를 하고 다닌다

채송화 금송화 깜박거리고 나도 호사스레
졸며 쉬며 가는 길

담뱃불 끄고 들어가는 아저씨
까맣게 탄 뒷모습에
세워둔 용달 트럭에
별이 몰려와 죽어라고 터진다

머리에 까치집 짓고 나온 할머니
어린 아이를 업고 두런거리는 사이
아가씨 구두 소리 멀어지는
작고 허름한 골목길 지나
그린마트가 보이면

나, 뭘 사러 나왔나, 꿈을 깨며
낯선 발길을 내딛는다

별 하나

사랑의 결실은 지상에서 거둔다지만
꺾어진 사랑은 천상에 오른다

밤하늘 뭇별들,
하늘에 피어난 아픈 아이들이다

지금은 어두운 창을 열고 만날 수 없는
나의 별을 찾아 헤매는 밤

무너진 사랑은 천상에 이른다

파꽃 하나

누가 흘렸나 저만큼 파꽃 하나
마당귀 자투리 밭두둑에 외따로 피었다
금송화 백일홍 장다리 바랭이
쇠비름이 어울려 노는 자리 한구석
있어도 없는 희멀건 꽃
있으나 마나 한 내가 문득 다가간다
눈에 띄지 않는 꽃 뭉치에 벌들이
바글바글하다
겨우 몇 마리 벌 띄워 놓고 울긋불긋하던
꽃들이 곁눈을 판다 아는지
모르는지 파꽃 하나
둥근별떼*로 떠 있는 한낮
퍼져 나가는
벌 소리
어머니가 두고 간 장독대까지 훤하다

---

* 구상성단(球狀星團, globular cluster)

바다에 널다

백발 노파가 허리를 편다
빛바랜 빨래 몇 장 탁탁
길게 늘어뜨린 나일론 줄에 올린다

바지랑대를 높이자 달아나던 수평선이
찔끔 딸려 온다
바람에 펄럭이는 옷가지들이 도로 풀어놓는

바다의 정수리를 맴도는 태양 빛이 희다

헐렁한 몸뻬에 붉은 스웨터 할머니 머리카락
하얗게 센 꿈을 너는 한갓진 해안가

한 줄 빨랫줄이 부려 놓은 바다는
날갯짓을 하며 파닥거리고

월드마트 과일 코너 청년

아침 햇살 망사 조끼
유니폼을 입은 청년이 과일 코너
차양막을 친다 화르르
아침이 열린다 동네 사람들 잘 잤느냐고
싱싱한 하루 받으러 오라고
찾는 이 아직 없는데 혼자 괜히 분주하다

벌레 먹고 멍들고 짓무른
과일처럼 기웃거리는 사람들에게
그 마음 나도 잘 안다고 괜찮다고
오늘도 더 고생하라고 매일같이
하나라도 더 먹이려고 과실 판다

길바닥 떠도는 병마를 데려와
씻겨 주고 먹여 주고 병시중하느라
달포를 앓아누웠던 나도 지척에
복숭아라도 얻어먹으며 살아남은 거지

마트 뒤편으로 가면 포도송이 익어 갈까
슬그머니 수박들이 뒹굴까
따도 따도 줄지 않는 열매를 나눠 주는

젊은이, 아침은 하고 나온 건지
시계 침도 기계도 보살도 아니면서 무거운
잠을 깨고 일어나 시간 맞춰
남들 아침 열어 준다

매대에 벌써 자두 올라간다

물비늘 한 그루

붉은머리오목눈이 한 무리
일제히 풀밭에서 날아오른다

수십 마리는 될 듯싶은데 어째
한 마리도 안 보인다

나무 가까이 갸웃거리는 내게
어디 한번 찾아 봐 찾아 보라고
놀려 대는 포플러
새인지 이파리인지
팔랑팔랑 시치미를 뗀다

쓸데없이 몸집만 큰 내게
그래 한번 올라와 봐 올라와 보라고
한 줌도 안 되는 체면을 구겨 놓는다

하릴없이 내가 추방되는
개천가

어깨 너머

한 그루 물비늘이 인다

그림자가 사는 창

빈 나뭇가지
그림자가 사는
깊어 가는 밤의 창

먼 길 떠돌던 유성들 타 버린
소망을 묻어 주는 돌밭
펼쳐지는 돌무덤 걸음걸음
돌너덜을 지난다

나는 검은 고요가 흐르는 벼랑을 걷는다

텅 빈 해자에 가로막힌
하늘 성곽 길을 서성이는 뭇별들 무슨
사연인지 찌르르

우리 천 년을 살아 꽃 피지 않아
지지 않아 우리 허공인 거야

꼬깃꼬깃 접힌 편지 하나 못 부친
편지 하나 품고
두절될 듯 파고드는 안부를 타전해 오는

깊어 가는 밤의 창 깊어 가는 당신의 눈동자

당신의 내셔널 지오그래픽

태양의 사생아
들불이 어룽지는 눈가에 시커멓게
눈물 자국이 남아 있다
흩날리는 갈기털, 코로나 관을 쓰고
연신 배가 고파 오는 여기는
하늘을 보면 눈이 시린 곳
자꾸 쳐다보면 눈이 머는 곳

가만히 물러앉아 초원을 바라보는
사자의 모습이 세상을 굽어보는
불보살과 닮았을까

건기의 풀들이 하염없이 말라 가는 사이
뼈다귀로 옆에 누운 임팔라의 고개가 꺾인다
뭉툭해진 발톱 아래
잠잠해진 목숨처럼
석양은 물드는데 붉게 물드는데

포효하는 사자의 울음이 허공에 부딪혀
곤두박질하는

크렁, 크렁, 걸리지 않는 시동 소리

물결 이는 소파에 누워 TV를 보던 당신은
초원을 건너왔는지 저 너머 노을을 건너왔는지

모니터를 끈 거실 한 편이 어둠에 휩싸인다

허물어진 나의 거미줄

널 보고 말았어 욕실 한구석 가랑잎 같은 거미줄 떨궈 놓고 집유령거미 너 누굴 기다리는 거니 네가 좋아하는 날파리는 보이지 않아 여기 조금 누추하지만 잘 지내길 바라

무얼 그리 생각하니 마냥 우두커니 무얼 먹고 사는 거니 어젯밤 내가 가져다준 마른 새우 부스러기가 그대로구나 미안 미안 내가 착각했어 깨끗이 치워줄게

갈 데 없어 화단 길을 걷다 왔어 잠깐 발 좀 씻을게 아니 너 언제 바닥으로 내려온 거야 샤워기 방향을 틀어 간신히 물살을 돌렸어 빠져나올 수 없는 블랙홀 수채 정말 위태위태했어 내가 가까이 오면 조심하렴

나 함정에 걸린 거야 양치를 하다 말고 문득 네가 궁금해졌어 아니 보고 싶었어 살금살금 다가갈래 네 몸빛 닮은 상아색 타일 벽 타고 머나먼 실크로드 순례길을 가는 거니 나는 조용히 미소를 보내지 조심해서 다녀와

오줌 마려워 한밤중에 잠을 깼어 실눈으로 실낱같은 너를 찾을래 저기 플레이아데스성단이 흐르는 천장 모서리 희미하게 떠 있는 너는 조무래기 꿈속인 듯 널 바라보며 나 실없이 웃음 짓지

좋은 아침이야 이 가슴이 출렁, 손끝을 갖다 대도 네가 움직이질 않아 배고파 죽은 거니 수명대로 살긴 산 거니 어두운 암실에서 마지막 네 곁을 지켜준 건 차가운 바닥이었구나 화장지 곱게 접어 염을 해줄게 옷 한 벌 없이 나의 집유령거미 허물어진 나의 거미줄 은하

슬프지 않아 아무도 모르는 우리의 비밀 우리의 약속 너는 집유령거미 나는 집 유령 사람 잊어버려 여기 희끄무레 남아 있는 집 유령 은하에 대해 이제 저 너머 명주 실타래 M101 은하에서 더 행복하길 바라 출렁이는 나의 은하

코스모스밭

파묻히러 가는 코스모스밭

꽃 하나의 수성 금성 지구
화성 목성 토성 천왕성 해왕성을 지난다
멀리 모퉁이 돌던 명왕성이 모습을 감춘다 늘
강건하길 저 건너 꼭 한번 만나 보고 싶은
프록시마 센타우리 별을 찾아갔다

물결치는 허공 속에 차마 우리 말을 못 하고
나는 쓸쓸히 발길 돌려 메이사로 갔다 다시
베텔게우스로 향하다가 길을 잃었다

눈부시게 헤매는 나의 코스모스 그대로
길이 되어 쉬어 가는 저기
꼬리별이 지나가는 오리온자리

누가 데려다 놓았나 등대처럼 서 있는 목마 하나
키가 크고 멋진 너는 순한 눈이 슬프구나

부유하는 코스모스 저 강고한 별 무리를 거느리고
어디로 흘러가는 거니

거기 까마득히 우주의 하구 어디쯤일까
나도 여기 너의 족속으로 출렁이고 있어
네가 떠나온 고향은 어디 있는 거니
내가 살다 온 행성들은 잘 지내는지 보이지 않아
너와 내가 만날 별자리가 어딘지

흩어지러 가는 코스모스밭

안녕은 돌고 돌고

관절 한 번 펴본 적 없는 목마야
쇠기둥에 묶여 있는 목줄을 풀어줄게
이제 고향으로 가는 거야
오리온자리 구만리 강기슭
네가 태어난 마두성운으로 돌아가렴

자욱한 사막 행성을 지나게 될 거야
아버지가 떠돌던 공사장처럼
소금자루 짊어진 먼지들이 가득한 곳
소금이 다 녹아내릴 때까지
참고 견뎌야 하는 황원이란다

얼음 소행성도 만나겠지
도시의 유리 숲
한없이 늘기만 하던 그림자 유령들처럼
체온이 없는 곳이야
거길 지날 때면 눈에 살얼음이 낄지도 몰라

더 나아가면 캄캄한 외톨이 행성,
구석에 익숙해진 인형들이
먼지를 뒤집어쓴 채 혼잣말을 하고 있어
너무 어두우니까 잘 살펴 건너렴

그렇게 수많은 별을 지나면
거기 마두성운이 나타날 거야
겁내지 말고 그 속으로 발을 들여봐
피어오르는 만수향 구름이
상처를 말끔히 치료해 놓을 거야

그럼 조심해서 가렴
나는 지구의 궤도를 몇 바퀴
더 돌아야 하거든

안녕, 복숭아

뒷동산 언저리 어느 것 하나 성한 것 없이 가지가 부러지고 뒤틀리고 주저앉고 엉금엉금 뿌리 뽑힌 복숭아들 안녕 이제 구십이 넘어 누워 사는 아버지 안녕하세요 오랜만에 왔다 달아나는 딸에게 문틈으로 빠끔 인사 건네주는 아버지 안녕히 계세요 마당 지나 뒤란 길을 따라 오르는 저기 기억 속 봄날의 흐드러진 복사꽃 아래 그늘진 가족들 사진 속 그림자만 남기고 돌아간 어머니 거기 잘 지내나요 여기에서처럼 고생하진 않겠지요 보이지 않네요 가난하고 그늘 깊고 비탈진 무릉도원 내 맘속에 사는 안녕, 복숭아

제 2 부

금환식金環蝕

염증 난 뉴스가 산야를 덮었다
허공을 덮는다 시름시름
시장으로 가 발자국을 방생한다

까만 팥소 가득 김이 나는 호빵을 샀다
허겁지겁 하나를 베어먹었다

목구멍을 타고 달큼하게 골목
이쪽에서 저쪽 끝까지
채워도 채워지지 않는 허기를 안고
시장통을 빠져나오는

어둑한 하늘
누가 걸어 놓았나 대체 어느 불멸의
거인이 살아남아 우리가 버린 저 까마득한
금가락지를 건져낼 수 있단 말인가

시린 눈을 훔치며 나는 고개를 떨궜다

어깨를 스치며 지나가는 할머니
등에 업혀 잠든 아이의 정수리가 보였고

검은 비닐봉지 속에 남은 호빵 하나가
이지러지던 날이었다

바다의 덫
– 세월호 희생자를 추모하며

나의 아침이 흘러 너의
저녁이 되고 싶던 그 바다

우리,
검은 덫에 걸려

어린 짐승으로 버둥거리다가
하늘과 별을 중얼거리다가

깊은 함정에 갇혀 절규하던 바다 밖
세상도 모두 함께

침몰했다

나의 어둠별 밤새워
너의 샛별 찾아가던 그날

너의 샛별 바닷속에 잠겨
나의 어둠별 기다리던 그날

사월의 라일락

그날도 라일락이 피었지
움푹 팬 눈으로 문을 나섰을 때
꽃은 지고 없었지

다시 핀 라일락은 이제
다시 핀 라일락이 아니다

침몰하는 배가 담장에 걸려 있다
술렁이던 창가, 돌아오지 못한
꽃숭어리 숨결들이

돌아온 사월의 담벼락 저만치 아픈
몸을 뒤척이며 꽃잎들이 잠꼬대를 한다

나도 깨어날 수 없어

라일락이 피었다고
라일락이 피었다고

또 하루가

"하루 36명이 극단적인 선택을 하는……"
"하루 7명의 노동자가 아침에 출근한 후 집으로 돌아가지 못하는……"
아침이면 잠들고 싶어
일어나고 싶어 밤이 되면

내 사랑하는
밑창 빠진 나라의 또 하루가 와

자전의 축을 바꿔 보는 거야
밀어도 보고 당겨도 보고
기울여도 보는 거야
거꾸로 돌려 보는 거야
공전의 궤도를 바꿔 보는 거야
캄캄한 소용돌이 눈 꼭 감고
이 악물고 견뎌 내는 거야
만년빙 그리움을 안은 외톨이 행성처럼
더 깊은 수렁에 빠져드는 거야

세상 이제 끝진 자리

세상 이제 드는 자리

기다리지 않는 오늘은 가고

기다리지 않아도 내일은 오고

내 경외하는

허리 잘린 반도의 또 하루가 가

목련 바라밀

하늘에는 맑은 성좌
땅에는 널브러진 피고름 역사

하늘과 땅 사이가 너무 멀다
엉금엉금 기어가는

당신과 나의 바라밀다 까마득히

하늘에는 꽃이 피고
땅에는 꽃이 지고

지하철을 타고

도망치듯 달아나지만
벗어날 수 없는 감옥이다

철커덕철커덕 발차 소리는
제 코를 꿰는 자물쇠 소리
수저통 가득 이리저리 부대끼다가
자리 한구석 차지한
나는 목줄 매인 개처럼 공손하다

꼭 다문 입에서 새는 당신의 숨소리
감출수록 더 가쁜 나의 숨소리
창백한 불빛 뒤집어쓰고 덜컹대는
어둠 속을 나와 걷는 밤이면

평생 머나먼 혜성의 궤도 돌다가
사리골舍利骨 하나 떨구는
별똥별을 만나기도 한다

빠져나올 수 없는 감옥이다

아파트 인드라망因陀羅網

차 한 잔 들고 창가로 가면
맞은편 101동이 성큼 다가온다

먼 나라에서 내려오신 함석지붕들
푸른 하늘 모래알 이야기를 받아 적느라
자글자글 삼매에 빠졌다

꼼꼼하게 써 내려간 경문들
구절구절 기왓장마다
흐르는 법문이 팔만이겠다

이렇게 우리 마주 보는 거울이듯
모든 동과 세대들
주고받는 선문답이 무량이겠다

구구절절 날아드는 비둘기들
벽에 갇힌 창문들도 틈틈이 귀를 열고
질서정연하게 밖으로 향해 있다

한 치 흔들림 없는 수평의 감각으로
층층이 견뎌내고 있을 천장들
모두 하나같이 바닥으로 존재할 터

내가 딛고 있는 이 자리
아래층에서 받쳐주듯
위층 이웃들 고단한 몸 뉠 수 있도록

내 생의 천장 높이 받드는 일
억겁의 업장을 녹이듯
하루하루 달게 받들어 모시는 일

삼키고 삼켜도 끓어오르는 솥단지 삼독을
식어 버린 한 모금의 찻물로 달래는
녹음이 독물처럼 퍼져 나가는 상심의 계절

저 멀리 하늘가 햇살 비추이는 아파트들
수미산 그물망처럼 펼쳐져 있다

딱 그만큼의 지구

우주를 떠돌다가 업을 지었어 더도 덜도 아닌 딱 그만큼의 감옥으로 왔어 고추 먹고 맴맴 바깥세상이 절로 돌아 별들의 일주운동 원형 감옥에 갇혔어 중력의 족쇄 차고 본좌이신 극성極星 이하 붙박이별들에게 사열을 받는 거야 받들어총 돌고 돌아 빛을 쬐는 거야 겹겹 허물을 녹여내는 하루하루 계절 찾아 옷 갈아입고 먼 길 가는 거야

갈 길 몰라 택시를 탔어 자동차가 지날 때마다 주인을 기다리는 개 한 마리 비루먹은 그리움을 질질 끄는 하루가 저물어 가 집으로 돌아가는 사람들 빽빽한 도심을 울리는 구급차 소리가 간신히 아파트 골짜기를 빠져나갔어 화단가를 배회하는 길고양이 꽃 방울도 배고픈 또 하루를 잘 보내고 있어 한 치의 오차 없이

저 건너 항하사 뭇별들 우주의 교도관일까 마음 치료사일까 어둠 속을 달리는 혹성들에 플래시를 비춘다 여기는 지구 감옥 나, 창살문에 드리워진 커튼을 걷고 있어 나, 더도 덜도 아닌 딱 그만큼의 업을 더 지었어

멍든 달처럼

모래 카펫이 펼쳐진 백도를 뒹굴다가
꼬리 감추는 별들의 본적을 찾아 헤매기도 했다
틈새 하나 없는 문,
흠집 하나 없는 문턱,
손톱으로 녹여 여는 당신의 목덜미
한 입 베어 물기도 전에 갇혀 버린 월식처럼
갑작스러운 암전의 날들은 얼마였던가

배를 드러내고 죽은 물고기들 하얗게 떠 있는
하천 길을 걷던 날이었다 아름드리 포플러
비늘처럼 흩어지던 그날 건너편에

어디서 본 듯 웅숭깊은
그림자 둥지가 아이를 업고 가는 얼굴
반쪽인 여자를 데리고
굴다리 속으로 들어가고 있었다

멍든 달처럼,
나의 대낮이 캄캄하게 떠오르던 그날

길 잃은 어린 비둘기

어린 비둘기
화단가에 쓰러져 있다

가만히 건져 올리자
깃털에 쌓여 있던 뙤약볕이
우수수 쏟아진다

어미도 새끼도 아닌 중간치
내 품에 빈 둥지 같다
집으로 데려와
마른 부리에 물을 축였다

놀라워라
쪼르 쪼르 두 모금을 마신다
다시 기진맥진,

고마워라
언제 똥을 싸 놓았나

설마
마지막 인사는 아니겠지

반쯤 잠긴
너의 눈꺼풀에 고여 드는,
나래 푸른 날들처럼

아이야, 하루해가 기울어 가
어서 물 좀 더 먹어 봐

손수건

풀밭 길을 걷다 물든 마음 한 자락 펼쳤다 접었다가 주머니에 넣었다 꺼냈다가 고갯마루 해가 지고 달이 지고 어느 날 문득 보이지 않아 어디 소리 없이 떨어지는 잎새였나 빈손에 감겨드는 바람이었나 고단한 이마 수그리면 갈피갈피 해가 뜨고 달이 뜨던 가방 속에도 찾을 수가 없습니다 손끝에 드리운 그림자 당신의 마음속 손수건 하나

폐차장으로 지는 가을

평화로운 쇠망치 소리

풀려난 운전대 새 한 마리 날아오른다
몇 해 전이었나 낙엽 쌓인 거리
비 내리던 만추의 거리
깨어나는 기억들

북적이는 향연장에 가을비가 부슬거리고
차곡차곡 쌓인 날들
결딴난
고철들이 꿈틀거린다

망치 소리 울리는 가을 문짝에 녹물이 번진다

빈 몸으로 떨어져 나온 내 발길에는
밑창을 스치는 낙엽 소리가 머나멀다 걸음걸음
발자국 사이

서설

아파트 화단을 내려다본다
눈 내리는 묘지에서 캄캄한 울음 울던 고양이들
어디로 갔나 언 발바닥들

저 건너 봉분으로 뒤덮인 도시의 가옥들
굳게 닫힌 저잣거리도

지상 최후의 묘역인 듯
태고의 동굴이 열렸다

어스름 창유리에 비친 내 얼굴이 낯설다

눈보라를 뚫고 온
선사先史 사람인가

발코니를 서성이는
몽유병자인가

움푹 꺼진 나를 쳐다보는

꼭두새벽

입춘

누렁이는 새봄맞이 강아지다
목청 하나로 뒷동산 자투리
호두나무 밭을 접수할 귀한 몸

복숭아가 살다 간 자리 건성건성
호두나무가 살림을 차렸다

산비알이나 타고 노는 게 일이었다
몇 해가 지나, 되지도 않은 알을 달아 놓더니
익지도 않은 풋것들이 자꾸 사라졌다

하나둘 식구 늘려 무리 짓고
온 동산에 소문을 내고
청설모가 주범이었던 것을

어쩌나 나무를 잘 타는지
빈 가지만 남기고 털어간
너희들이 주인이었던 것을

새경이나 받아 온 늙은 아버지
그놈들 볼따구 터지게 물어 가고
나는 이삭이나 얻었다 하하아

아무래도 금년부터는 안 되겠다
꼬리를 흔들어 대는 누렁이

세 살 된 해피와
뭐라도 기다리는 눈빛이다

눈 내리는 밤

세상을 다독여 재우려는
아기 숨결 같은 눈이라니
뒤척이는 진창으로 내려와 점점이
입김 내불고 숨을 놓는다

깊어 가는 골목마다
빈 나뭇가지마다 고요한 뜰에
아기 살결 같은 눈이 쌓여

먼 나라
웅숭깊은 창을 열면

칠흑의 어둠 속
거룩한 성자

제 3 부

정원

찾지 않았지
풀밭 길을 걷던 여기

춤추는 꽃과
실바람과 이파리로
햇볕이 널린다

어깨 위로 무너진 그림자
너울거리는

그랬지, 너
우거진 그늘 아래
너, 너의 미소

흩어진 비늘 가루 같아 걸음걸음
모으다 보면 나비가 되어
날개를 접었다가 폈다가

그 속에 있는 건 너일까 나일까

허깨비들 적막을 건드리고
내 눈길이 헐리고

들었다 나왔다가
찾아드는

푸른 폐허

나는 텅 빈 걸음을 걸어 본다

할미꽃

산비탈을 타고 내려오던 햇살이 돌무더기 애총에 닿자 꼬리를 흔들어댄다 물결치는 몇 걸음 밭두둑에는 웃자란 씀바귀를 뜯는 백발의 할머니 스물여덟 청상으로 가슴에 묻은 어린 자식 품에 안고 푸석 마른 젖을 물린다 가물가물 단단히 얽힌 두 사람의 업業이 창공에 풀어지고 애장 돌 이울어진 자리 달그락, 종달새 둥지를 튼다

목단

지독한 약사발
출렁이는 마지막 향기

꽃잎 겹겹이 춤을 추겠네
사발 가득 깊어가겠네

혀끝에 닿은 약물이 번져
기억이 물둘레로 흩어져

우지 마라 그대여
우지 마라

당신의 빈손에 얹히는
이 마음도 사금파리처럼

마당가에 서면

떨어지는
모란꽃 그림자

떠오르는 징검다리 건너

그 모든 당신의 숨소리
그 모든 당신의 발자국

마당가에 서면
푸른 하늘 발을 헛디딘

어느 여인이

어머니, 여기 언제
유배 다녀갔는지 몰라

함박꽃 따라

주황 슬레이트집이었지

학교를 파하고 돌아오던
어린 날의 텅 빈 부엌엔 천장 높이
검댕이 나라의 벌 소리

어머니 어디 풀 뽑으러 갔나
숨어 울러 나갔나 서둘러
뒤꼍으로 나서려다 마주치던 어머니

푸른 잎사귀 사이로 설핏설핏
고개 숙인
어머니 젊은 날들을 나는 기억하는데

먼 길 찾아온 여기 아무도 없는
뒤란에는 어느
비탈진 왕국의 푸새들
무성하게

나는 망국의 백성처럼

어디 함박꽃 따라갔나, 어머니

포플러 장례식

개천 길로 발길 돌렸지
날카로운 기계음이 들려오는 저만치
크레인에 오른 전기톱이 왱왱 톱밥을 날린다
곤두박질하는 나무토막들 마디마디
생의 단면마다 검은 눈물이 흐른다

길을 걷다 샛길로 빠지면 한갓진
하늘 열어 주던 포플러
말 한마디 나눈 적 없이 둘도 없는
벗을 보내야 하는 나는
아무 말도 할 수 없었다

수습하는 저쪽 장의사와 멀찌감치
개천가에 서 있는 이쪽 조객 사이
결딴난 몸뚱이들,
옆구리에 붙은 어린잎들이 너불거린다

그 많은 벌레와 새들

나무 그늘 찾아 쉬어 가던 햇살들
울창해질 매미 소리들
길 잃은 길손들은 또 어쩌나

어느 날 문득 맞은 포플러 장례식
바람이 스치는 아름드리 셋 송두리째 사라진 자리

텅 빈

그루터기

남은 꽃들

어두운 창밖을 내다본다
떨어진 꽃잎들 바람에 흩어져
가 버린 날들
어느 별자리에 가 닿았나

창을 열고 올려다본 하늘에는
큰 병을 앓고 난 후 머금은
무가당 사이다 같은 별들

움푹 파인 내 어금니로 시려 온다

밤 깊은 나뭇가지
별꽃이라도 될까, 다 지고

남은 꽃들

오월

누가 선잠에 드나
키로 까부르는
신록은

물거품과 같은데
기억의 저편 희미하게
멍울지는 날들

푸른 그늘에 풀어 주는
안녕

멧비둘기 구꾸 중독되는
내 마음에 들창을 내고

바람 공연히도 불어 누가 저
풋잠을 깨우나

움직이는 그림 속으로

십오 층에서 내려다보니
보도블록 화단 길이 우거진 나무에 파묻혔다
흰색 스티로폼 박스를 안고 가는 택배 기사가
소식처럼 들렸다 안 들렸다 한다
귀갓길 어린이들 재잘거리는 소리가
붉은머리오목눈이로 보였다 안 보였다 한다

나는 먹다 만 감자를 밀어 놓고
어서 내려가 보자고 어찌
그림 속으로 들어가
움직이는 그림이 되는 건지 꿈결 같은

저기 어딘지

긴 머리 젊은 여자와 서너 살 된 딸아이인 듯
양산 꼭지 팽팽하게
이파리를 스친다 눈부신

그림자가

쏟아지는

그늘 속으로 들어간다

빠져나온 발걸음들 감쪽같이

흩어지는 저기

하루해

장대한 파노라마 촬영을 마친 하루해가 자리에 눕는다
닫힌 문틈으로 새는 토혈

산밭 둥 까마중 휘청, 천 길 낭떠러지로 쏟아진다

해종일 치마꼬리 잡고 따라오던 바람과 구름의 아이들
삽시간에 따돌리는 이유 있었다

플라타너스

플라타너스
빈티 나는 무대로 넉넉한 길을 열어 주는

플라타너스
각설이 둥치를 타고 올라 잔가지 치는
장구 소리 고요해진

잎사귀처럼 내 마음
나무 꼭대기 맑은 심연으로 떨어진다
갈피갈피

먼지를 뒤집어쓰고 신선한 길을 열어 주는
길가의 행자처럼

플라타너스

가로수길

우거진 매미 소리
지나가는 푸새 밭 나비들이
가다 서다 하며 같이 간다

끝 간 데 없이 빠져드는 사왕천四王天
여기는 눈부신 그늘과 향기와
노래가 엉겨도는
내게는 너무 먼 나라
돌아보면
빠져나온 남섬부주南贍部洲 도가니
아파트 단지가 아득히 들려온다

가도 가도
물들 수 없는 나,
싱그러운 잎사귀 달고
머리 짓누르는 사바로
그만 발길을 돌린다

매미

울창하게 쏟아졌지

아득한 길을 열어 주던 그 소리
들려올까 찌르르
눈 못 뜨고 뒤척이는 날

침침한 창가로 날아와 들려주던
삼천대천 모래톱 이야기 잔뜩
귀 기울이며 마음 앓는 나를
촘촘한 방충망에 가로막힌 나를 두고
떠나간 빈자리 가득
달려 있던

그 소리 오기도 전에 먼저 이별이 와 살았다

실낱같이 가늘어진 내 마음을 칭칭 감았다가
풀어놓는, 다시

감아 대는

매미가 울면 한 해는 시작되고
매미가 사라지면 한 해도 저물어

기다리던 매미 소리가 나면 좋겠는데
매미 소리 나면 어쩌나

귓속말

한 움큼의 여름날이 잘려나가자
시원하게 갈증이 밀려왔다
미용실 원장이 새끼 다육이 한 잎
종이컵에 퐁당
건네준다

소복하게 아프다
덤으로 딸려 온 깨알만 한 것들까지

주변머리 없는 내가 어르고 달래 봐도
토라져 간 화초 얼마던가
참을 만큼 참았다며 매일같이 투덜대는
벤자민 하나 겨우
붙들어 놓고 사는데

온몸이 귓속말인 다육이들
내 눈가에 속삭인다
어서 조막만 한 화분 사러 나가야지

우리 귓속말을 키워야지
적막을 키워야지

집안 가득 텅 비어 울리던 벽이
더 울리겠네 벽에 비친 가을볕이
비스듬히 울리겠네

마디마디, 귓속말인 다육이들

홀스트의 행성*

공전하는 낡은 레코드판을 타고 일곱 개의 행성이 돌아간다 전쟁의 전령, 평화의 전령, 날개 단 전령이 지나간다 쾌락의 전령, 노년의 전령, 마법사, 신비주의자가 꼬리를 문다 심부전에 걸린 듯 내 심장의 고동 소리 망막한 궤도로 퍼진다

눈물 나게 눈이 부신 고통의 밥을 먹고 고통의 살을 찌우는 인류의 고통을 없애야지 눈만 뜨면 찬란하게 만발하는 지구의 고통을 없애야지 지구의 극점에 주사를 놓으면 치료될까 고통이 인류의 본질이라면 인류를 없애야 하나 지구를 없애야지 고통의 대항연이 사라진다면야 눈 한번 꾹 감고 깨끗하게 양보하는 것도 나쁘진 않지 멸망할 수 없는 지구라서 고통스러워 중중무진重重無盡 설계된 고통은 고통이 아닌 축복이라고 근데 당신의 천수천안千手千眼으로 한번 봐봐 감당이 된다면 도를 넘어섰거나

곡소리가 끝나고 레코드 바늘이 제자리로 돌아갔어 지구가

---

* 영국의 작곡가 구스타브 홀스트가 1914~1916년 작곡한 관현악곡으로, 태양계에 있는 일곱 개의 행성을 음악으로 표현했다.

티끌로 쿼크로 힉스입자로 흩어져 한 덩어리로 흐르는 저 허공의 군무, 극미極微의 광대무변, 자유와 소망과 미래와 평화 그게 아니라면 훌쩍 차원 상승을 하든가 저 아픈 행성들을 지나 너머, 너머

제4부

홀로 듣는 소리

아파트 울타리 나뭇잎들이 쇄아
연호한다
들어서는 자가용 하나
주인이 빠져나가자 코를 박는다

망토를 걸친 밤의 정령이 거대한
어둠의 사원으로 걸어 들어가 문 활짝
열어 놓는
깊은 밤에도 쪽잠을 자며 기다린다

평생 뒤척이다가 일순간
먼 길에 몸을 맡기는 유성처럼
첫새벽 내 심장을 파고드는 먼 별
동 틔우는 시동 소리

누구신지 저이도 길을 나서나 보다 핥아도
핥아도 허기가 차오르는
길바닥으로

쌩하니 어둠 뚫고 깜깜히
사라지는

경쾌한 저 소리가 쓸쓸하다

태양의 정원

만 년 동안 열리지 않는 정원이라니
꽃비에 나부끼는 주인공은 없었다
눈부신 햇빛이야 모사꾼이라지만
서성거리는 성문 밖 연인들아
녹슨 자물쇠처럼 침묵하던 꽃들이
깔깔거린다 그늘진
바위에 기대 있다가 날 저무는
언덕 기슭이나 걸어보자고
땅거미 지는 성곽길 남겨진 연인들아
태양의 눈동자 같은
막대 사탕 하나 들고
멀어져 가는 소쩍새 연인들아

봄꿈

열은 눈꺼풀을 붙이면
너의 꿈나라 나에게 번진다
회전목마 타고 어디를 가고 있니

널 기다리는
한 짐 굴레 이 소꿉 통을 열면
벽을 타고 오르는 나뭇가지
너의 무화과 너의 개살구 천장 가득

열리는 거니 새콤달콤
시들어 가는 거니 주렁주렁

창을 여는 거야 저
건너 어스름 넘실거리는
저 말머리성운을 풀어 봐

별을 헤다 이슬 맞은 나무처럼
거기 아득하게

그을렸구나
땀에 젖은 네 목덜미가

한바탕 소동을 벌이다 굶아떨어진 아이야
어느 회전목마에 있는 거니

목련

슈퍼를 갔다 오다 샛길로 빠졌다
후미진 골목이 환하게 열린다

천상의 아치문으로 들어가 고개 젖혀
올려다본다 발을 헛디딜 듯
나무 계단 따라 벙그는 목련들

시린 눈을 훔치며
한 귀퉁이로 물러난 나는
빠져나간 제 그림자를 불렀다

다 털린 주머니 속을 뒤적뒤적 손에
잡히는 게 없다

해마다 봄이 되면 나는 목련에게 다가가
개살구 같은 영혼을 바쳤다

오래된 집

나지막한 골목으로 빛이 흘러나왔다

녹이 내려앉은 슬레이트 지붕
올라앉은 비닐 장판 쪼가리
칠이 벗겨진 흰 회벽에 헐거워진 거울 반사광들
빛바랜 부엌 널문은 어느
나라에 떠오른 해 그림자인지
대문 없이 툭 트인 앞마당 햇살 가득
나는 눈을 질끈 감았다

창문을 빼끔 열던 어느 날 허공중에 잠긴
나를 찾아와

투명한 눈망울 자꾸 나를 부르는 집

삭고 삭아 빛이 우러나는
가라앉고 가라앉아 말간 공기가 감도는

신선한 집 냄새 덮고 누우면
상했던 이 몸에 움이 틀 것 같아
문 고여 놓고 나 푹 앓고 싶은

다가가지 못한 발길 돌리다가 뒤돌아보면
맑은 후광이 흐르는 저 낡은 집

슬레이트집 뒤란에는

골목에 들어서자 허름한 가옥들이 빛바랜 사진첩처럼 펼쳐졌다 금송화 점멸하는 길을 따라 저만큼 낡은 슬레이트집 하나 뒤란에 우뚝 선 참죽나무가 아름드리 정적을 부려놓는다 곁에는 언제 죽었는지 까맣게 잊고 사는 숯검정 고사목이 우르르 몰려온 담쟁이로 다시 일어나 덩굴진 적막을 감아올린다 나른한 오후의 산보처럼 저리 나무 두 그루 나란히 푸른 하늘 드리우는 싱그러운 집이 거기 있었다

안개 행성

꿈꾸는 무장해제인 듯
수천의 장정을 풀어놓았다

일체 허물고
허물어 고요한 나라
삼엄한 철통 경계로 흘러드는
다리 없는 생들
걸림이 없다

어쩌다가 나는 난파되었나 어느
앉은뱅이 행성에서 표박漂泊을 하고

닫힌 대문이 떨어져 나갔나 허방 깊은

마당에 서서

일몰 경전日沒經典

태양의 정점은 정오가 아니라 일몰에 있다

날마다 광휘에 휩싸여 떠오르는 일출은
일몰을 위한 몸풀기,
자오선을 향해 날아가던 까마귀가 덜커덕,
정오의 그물에 걸려 버둥대는 한낮보다
더 뜨거운 몸짓의 눈부신 붉은 노을

저것은
하늘에 펼쳐진 만고의 경전이다
누군가 하늘 성전으로 가기 위해서는
저 뭉클한 경을 다 더듬어 읽어내야 한다

태양의 정점은 정오가 아니라 일몰에 있다

심무사深霧寺 가는 길은 안개 속에

심무사에 가면
안개를 인 사람들이 모여든다는데
쏟아 놓은 안개로 탑을 쌓는다는데

심무사를 찾아가면
안개를 진 사람들이 줄을 잇는다는데
부려 놓은 안개로 법전을 올린다는데

백 번 무너지는 탑을 쌓고
천 번 허물어지는 법전을 올리는 일이란
즐거운 제전이자 신성한 축전이었다

짙은 안개 속에 손목시계를 잃어버린 나는
여기 진흙 구덩이에 빠진 줄 모르고

몰라도 천 년은 더 지났을 법한데
알아도 만 년은 더 걸릴 법한데

심무사에 들면

가벼워진 몸뚱이마저 여윈

사람들이 모여 산다는데

우리는 악어를 타고

울창한 빌딩 숲
저리 촘촘히 박힌 눈빛들이라니

저것은 무엇이든 덥석 물고 잠행하는
거대한 악어일지 모른다

그 속은 내장이 그득한 늪

채울수록 허기지는,
밤하늘 별을 삼켜 버린,
퉤퉤 쭉정이 같은 빛을 뱉어 대는,

저것은 무엇이든 꿀꺽 넘기고 뒤로 숨은
거대한 악어 그림자일지 모른다

억센 등가죽 매끄러운 뱃구레
쇠 절구 입 여미고 이슥도록
먹잇감을 찾아 헤매는

배고픈 축제는 끝나고
집으로 가는 강변도로

온몸에 사라진 고대 도시가 깃든
고달픈 악어 하나

번쩍번쩍 철교 위를 지나간다

굴삭기가 보이는 고물상

뼈대 있게 살아보자던 쇠붙이들
뼈대만 앙상하게 쌓여 있다

마당 한가운데 파묻힌 굴삭기가
트럭으로 옮겨 싣는다

뼛골 빠지게 녹이 잘 슨
고철을 물어 나르는 기린의 아득한 모가지
막수건 하나 없이 땀이
쇳소리로 흐르고
지나는 길목에서 살펴보던
내 뒷목이 뻐근해진다

오른쪽 왼쪽
위로
아래로
쉴 새 없이 고개를 움직이는
보살의 목덜미에 감겨드는 고철 더미들

치워도 치워도 육박해 오는 저
만신창이들

어서 가자 야단법석이다

저물다

잎 떨군 개나리 덤불 비비새들
이 가지 저 가지 옮겨가며 폴짝폴짝
하룻밤 묵을 별자리 짓는다

벚나무 그늘 같은 너와 둑에 앉아
녹음 짙은 인스턴트커피 같이하며 흘러가던 자리

피어나던 둑길의 이야기도
쏟아지던 쓰르라미 소리도

물길 따라 별이 되었다는
오지 않을 소식을 기다리는 가을날
모름지기

우리에게 놓인 길은 왜 그토록 먼 길이어야 하는가
별들에게 물어보고 가는
천변 길 사람들

저녁밥은 하고 나온 건지 나도 서둘러
발길 돌려 가는

땅거미 내리는 보도블록 신발코마다 희끗희끗
뭇별이 돋는다

폭설

저리 흰 꽃을 피우고도 막막한
어둠에 잠겼는지
고장 난 확성기처럼 침침한 하늘
셔터를 내린 세상은 난청에 빠졌다

기억 속 우리의 길들은 시린
등을 웅크리고 어디
한 백 년 지낼 것만 같아
이 빠진 동굴처럼

이 마음 웅숭깊은 허공에는
빈 가지 우거져
당신의 마을을 건너 온 범선이
날개가 꺾인 채 걸려 있다

이명耳鳴을 울리며 소리 없이
눈이 내리고

연탄재

불씨를 비운 연방蓮房처럼 고요하다

온몸 사위어
철부지 화초 돌보다가 온실 밖
한데 길로 나온

연탄재는 그늘진 모퉁이 밝히는 연등이다
길을 가는 당신의 발걸음을 비춰 주는 저만치
홀로 걷는 나를 맞아 주는

어느 하루 불 꺼진 빈자리만 남기고
산산이 사라져도
갈 길 없이 서성이던 내 발길처럼 처진
가방 텅 빈
당신의 뒷모습을 기억하리라

바람이 흘리고 간 도시 변두리
동네 비닐하우스 화원 한 귀퉁이에

연꽃 향기가 피어나고 있다

아직 완성되지 못한 작은 탑이 하나 더
차곡차곡 올라가고 있다

오동나무

길을 가다 문득 발길이 붙잡히면
거기 캄캄한 개, 오동나무가 서 있는 거지

창고 한 귀퉁이 혹은 동네 한 바퀴 개
도로가에 눈 먼 개 후미진 한뎃잠 개
이사 가고 남은 개 언덕바지 귀신 개
산자락 수도승 피워 올린 보랏빛 꽃차례 개
삽짝 너머 도랑가에 어두운
나의 일가를 지켜보던 개도 있었지

내 맘속의 지층 켜켜 쌓인 어둠 캐 줄까
어둠이란 어둠 다 그러모아 밥을 짓고
집을 짓고 잠을 자고
푸른 잎 드리워도 어둑한 낯빛 숨길 수 없어
그 어둠 얼마기에 구석진
전설로 고전으로 철학으로 남은 거니

너부죽한 어둠의 잎사귀 죄다 떨궜네

찬 바람 속 투명한 너는 개뼈다귀 개
고독의 가느다란 실로 짠 망토를 걸쳐 줄까

너는 쇼펜하우어 개 잿빛 허공의 폐부를 찌르며
리스트의 눈보라로 나부끼는 건반 위의 개

유리창에 부유하는 선율 너머 뿌옇게
나의 겨울이 아픈 개, 오동아

해설 · 시인의 말

생산적 여행자의 노마디즘 시편

권성훈(문학평론가, 경기대학교 교수)

평생 뒤척이다가 일순간
먼 길에 몸을 맡기는 유성처럼
첫새벽 내 심장을 파고드는 먼 별
—「홀로 듣는 소리」 중에서

1

시는 모든 존재를 현현하지 않으며 저장할 수도 없다. 세계로부터 촉발된 기억을 일일이 언어로 담아내지 못하듯이. 선택된 특별한 시공간을 사유로 통찰하는 것이 시다. 거기에 여행을 통해 기록된 언어는 이동했던 삶이 '유성처럼' 언표된 텍스트로 '일순간' 발화한다. 이 텍스트가 시인의 '심장을 파고드는 먼 별'처럼 이입되는 것과 같이 우리에게 시인이 해독한 세계에 대한 정체성을 해독하는 역할을 수행하는 것. 그것은 안락한 자기만족이 아니라 자기 한계를 넘어서는 바깥의 존재와 연결된 길이다. 한곳에 정주하는 삶은 닫힌 자신만의 세계일 수밖에 없지만, 닫힌 세계를 여는 여행은 상대적으로 이동하는 삶으로서 열린 세계를 마주한다.

물론 시는 자기로부터 잉태되는 것으로 그것의 자극은 저 바깥의 존재에 관한 현시다. 외부로부터 현출된시는 본질에 대한 해석이며 사물과 세계를 향한 인식이 언어로 교환된 것이다. 이러한 언어의 교환은 바로 언어로 착수할 수 있는 것이 아니다. 이른바 여행 중에는 자신 또한 그 시공간에 일부분이므로 분리된 정체성을 깨달을 뿐 전체성을 파악하기는 힘들다. 길이 끝난 곳에서 다시 길이 시작되듯이 여행이 끝난 지점에서 새로운 여행이 펼쳐지는 것처럼.

여행의 깊이는 여행의 시작과 과정에 있는 것이 아니라 여행이 끝난 후에 시작되는 사색에 있는데, 사색은 가장 뜨거울 때가 아니라 그 반대로 해석할 수 있음을 이 시집의 시 「일몰 경전」에서 잘 보여주고 있다. "태양의 정점은 정오가 아니라 일몰에 있"고, "일출은/일몰을 위한 몸풀기"에 불과하듯이 여행은 시작에 있는 것이 아니라 그 끝에 있는 것이다. 일몰이 "더 뜨거운 몸짓"이라는 것은 그 속에 함의된 "하늘에 펼쳐진 만고의 경전"으로 알 수 있다. 이로써 여행은 머무는 것을 지양(止揚)하면서 발생하는 것처럼 시는 유목적인 삶처럼 초원의 세계를 우리에게 돌려주는 데 있다.

이선 시인의 이번 시집 『목련 바라밀』은 존재의 가치를 실세계의 방식에 얽매이지 않고 세계를 하나의 고원으로 인식하고 유랑하며 끊임없이 새로운 것을 탁마하는 데 있다. 여기서 시인은 “빈티 나서 평화롭고/빈티 나서 자유로운”(「골목길 연가」) 사유를 가지고 ‘낯선 발길을 내딛’으며 사물과 세계에 대한 본질을 발견하게 한다. 그렇지만 여행을 하면서도 아무것도 보지 못한 자와 세상 속에서 자신만을 바라보는 자는 세계의 보편적인 사유를 탑재하지 못한다. 이때 아무것도 보지 못한 자는 세계를 동일한 세계 안에서 사유하는 자이며, 자신만을 바라보는 자는 자신의 세계에 맞춰서 외부의 세계를 인식하지 못하는 자를 의미한다. 이러한 타자들은 새로운 세계의 생산자로서 ‘언어의 특임’을 행사하지 못한다. 그렇지만 여행이 끝난 지점에서 인식하는 시인으로부터 생성된 언어는 실세계 위에서 본질을 떠받치고 있기에 유통되는 시적 사유가 출몰하게 된다. 이른바 세계에서 체험한 ‘서로 데면데면’한 것도, ‘매일같이 만나 맨숭맨숭’(「북광장에 가면」)한 것도, 그녀에게 와서는 이야기가 되고 시가 된다.

2

이 같은 시인은 세상을 관찰한 결과에서 무엇인가를 체험하는 자로서 체험한 것을 자기 속에 가지고 살아간다. 나아가 그것을 지속적으로 지니고 기록하는 자만이 진정한 삶의 ‘생산적 여행자’가 될 수 있다. 생산적 여행자를 니체는 “스스로 우리는 우리 삶의 시인이라고 했다. 그것은 가장 사소하고 가장 일상적인 것에서 사유하고 사유로써 살고자 했던 그의 삶은 자신에게 맞는 장소를 찾아 방황했던 노마디즘의 철학자라고 할 수 있다."*이 같은 노마디즘으로 통하는 시인은 자신이 관찰한 것을 체험하고 동화한 뒤에 집에 돌아오자마자 그것을 행위와 작품 속에서 기필코 되살려 나가는 자가 아닐 수 없다. 생산적 여행자는 니체가 전언한 '우리 삶의 시인'으로 길가에서 부유하거나, 유랑하면서 생겨난 내재적 사유를 현실에서 구현한다.

해후 역 1번 출구 시커멓게 잠든 남자
잔뜩 쪼그린 주림이 정강이를 타고 흐른다
누구에게 주먹을 날렸는지 어디
고꾸라졌는지
반숙란처럼 푸들푸들 부풀어 오른 한쪽
눈두덩에 거즈를 붙였다
남루한 행색이 스치기만 해도
냄새가 스밀 듯한데
지나가는 날 흐린 시선쯤 진작에 털어냈으리
나는 곁눈질을 하며 계단을 밟았다
어느 생이었나, 내 사랑이었던 것 같아
유월 숲을 걸으며 우리 바라보던 눈동자에
녹음이 깊었으리
먼 길 돌아 어찌하여 여기 보이지 않는
계절의 문턱을 넘는가
아늑한 잠에 빠진 당신 곁을 지나가는
내 발길은 폐허처럼 갈 곳 없이

---

* 이진우, 『니체의 차라투스트라를 찾아서』, 책세상, 2010, 11쪽.

천 년을 건너온 어느 고장 난 해후

다시 천 년 멀어진다

-「고장 난 해후」 전문

그녀가 향하는 시선에서 누구나 길가에서 흔히 볼 수 있는 "해후 역 1번 출구 시커멓게 잠든 남자"를 들 수 있다. 무심코 지나쳐버린 순간 또는 기억이지만 그것이 소환되면서 "어느 생이었나, 내 사랑이었던 것 같아"라고 노숙자와 동화된 상상력이 펼쳐진다. 만약 타자들과 마찬가지로 "지나가는 날 흐린 시선쯤 진작에 털어냈으리"라며 기억에서 삭제했다면 재생산할 수 없는 풍경이다. 그럼으로써 노숙자는 전생에서 건너온 사랑하는 당신으로서 "유월 숲을 걸으며 우리 바라보던 눈동자에/녹음이 깊었으리"라고 '먼 길 돌아' 그곳에서 만나고 있는 것이다. 그것도 "천 년을 건너온 어느 고장 난 해후"로서 척박한 폐허를 드러내면서도 지난한 인연의 매듭을 형성하고 있다.

그것은 「누더기 개」처럼 '동구 밖 개 한 마리 덕지덕지 내려앉은 아침 햇살'을 걷고 있는 존재로부터 '지독한 그리움'을 우리에게 돌려준다. 거기에 그녀가 "있어도 없는 희멀건 꽃/있으나 마나 한 내가 문득 다가"(「파꽃 하나」)가 먼저 말을 건네기 때문에 가능하다. 때로는 「바다에 널다」처럼 '백발 노파가 빛바랜 빨래 몇 장을 길게 늘어뜨린 나이론 줄에 올리는 것'을 목격하고 "한 줄 빨랫줄이 부려 놓은 바다"라고 명명하기도 한다. 이로써 우리는 거기 "바람에 펄럭이는 옷가지들" 속에서 '바다의 정수리'를 발견하게 된다. 또한 그녀가 보여주는 '바다의 정수리'는 "빈 나뭇가지/그림자가 사는/깊어 가는 밤의 창"(「그림자가 사는 창」)을 넘어와 '검은 고요가 흐르는 벼랑'을 동시에 비추어준다.

그날도 라일락이 피었지
움푹 팬 눈으로 문을 나섰을 때
꽃은 지고 없었지

다시 핀 라일락은 이제
다시 핀 라일락이 아니다

침몰하는 배가 담장에 걸려 있다
술렁이던 창가, 돌아오지 못한
꽃숭어리 숨결들이

돌아온 사월의 담벼락 저만치 아픈
몸을 뒤척이며 꽃잎들이 잠꼬대를 한다

나도 깨어날 수 없어

라일락이 피었다고
라일락이 피었다고

-「사월의 라일락」 전문

시인의 내부에서 멈춘 시대의 자장들은 "움푹 팬 눈으로 문을 나섰을 때/꽃은 지고 없었지"라고 '세월호 희생자'를 추모하는 시의성에도 열려 있다. "침몰하는 배가 담장에 걸려" 돌아오지 못하는 순간을 "돌아온 사월의 담벼락 저만치 아픈"이라고 기억하고 아이들의 '꽃숭어리 숨결'이 지던 4월에 '라일락이 피었다고/라일락이 피었다'고 강조하면서 세계 내 참사에 대해 추모한다. 이러한 기억과 연민은 「바다의 덫」에서 마치 "검은 덫에 걸려" '버둥거리는 어린 짐승'으로 묘사되며 "깊은 함정에 갇혀 절규하던 바다 밖"을 바라보게 한다. 시인이 던지는 '바다 밖'의 세상은 모순과 허위로 가득 찬 세상에 대한 폭로로 이어진다. 그것은 바로 "나의 어둠별 밤새워/너의 샛별 찾아가던 그 날"은 어둠 속 진실을 항해하는 시인의 여행으로서 간절한 내면에서 외부로 파고 들고 있다. 이러한 세계의 고통을 함께 하는 그녀의 심상은 죽음이라는 돌아올 수 없는 슬픈 여행을 떠난 피지도 못한 대상들을 향해 "밤하늘 뭇별들,/하늘에 피어난 아픈 아이들이다"(「별 하나」)라는 전언과 함께 재생된다.

3

하늘에는 맑은 성좌
땅에는 널브러진 피고름 역사

하늘과 땅 사이가 너무 멀다
엉금엉금 기어가는

당신과 나의 바라밀다 까마득히

하늘에는 꽃이 피고

땅에는 꽃이 지고

-「목련 바라밀」 전문

그녀는 이 시대를 달리 현현해서 「목련 바라밀」과 같이 "하늘에는 맑은 성좌/땅에는 널브러진 피고름 역사"라고 명시한다. 이 시의 제목은 '목련'과 '바라밀'의 합성어로서 그녀가 조직한 조어다. 목련 이미지와 바라밀의 불교적 가르침이 만나 새로운 의미를 창출하면서 시인의 메시지를 조망할 수 있다. 이른바 불교에서 바라밀(波羅蜜)은 산스크리트 파라미타(Paramita)의 음역인 바라밀다의 줄임말로 피안(彼岸:열반 혹은 해탈로 깨달음)에 이르(到)는 것(到彼岸)을 말하는데, 그 수행의 길이 보시(布施), 지계(持戒), 인욕(忍辱), 정진(精進), 선정(禪定), 지혜(智慧)의 6바라밀이다. 또한 목련은 봄을 알리는 순백의 전령사로 통하는데, 우리가 직면한 현실은 "하늘과 땅 사이가 너무 멀다/엉금엉금 기어가는" 진실과 거짓 속에서 "당신과 나의 바라밀다 까마득"한 꽃이 피어나고 있다. 마치 "하늘에는 꽃이 피고" 있지만 "땅에는 꽃이 지고" 있는 아이러니한 풍경을 통해 하늘과 땅 사이에서 모순을 찾게 한다.

이처럼 진실과 거짓 사이를 여행하는 그녀의 시편은 「지하철을 타고」 "도망치듯 달아나지만/벗어날 수 없는 감옥"이라는 세상을 만나기도 한다. "목줄 매인 개처럼 공손"한 현실 앞에서 "감출수록 더 가쁜 나의 숨소리"와 함께 "빠져나올 수 없는 감옥이"야 말로 인간의 욕망을 선회하는 것으로 인간 스스로 만

들어 낸 '욕망의 목덜미'가 아닐 수 없다. 그러나 이러한 욕망은 "감출수록 더 가쁜 나의 숨소리"와 같이 숨기지 못하고 '혜성처럼 창백한 불빛 뒤집어쓰고 덜컹대는 어둠 속을' 지나갈 뿐이다. 다만 인간의 욕망은 '별똥별'과 같은 추락만 있을 뿐임을 예고한다.

우거진 매미 소리
지나가는 푸새 밭 나비들이
가다 서다 하며 같이 간다

끝 간 데 없이 빠져드는 사왕천四王天
여기는 눈부신 그늘과 향기와
노래가 엉겨도는
내게는 너무 먼 나라
돌아보면
빠져나온 남섬부주南贍部洲 도가니
아파트 단지가 아득히 들려온다

가도 가도
물들 수 없는 나,
싱그러운 잎사귀 달고
머리 짓누르는 사바로
그만 발길을 돌린다

-「가로수길」 전문

이 세계를 욕망에 목덜미가 잡혀 있다고 인식하는 그녀는 '가로수길'을 통과하면서 "끝 간 데 없이 빠져드는 사왕천"으로 묘파하기도 한다. 사왕천은 불교의 육욕천의 첫 번째 하늘이며 '수미산' 중턱에 위치하는 신화적 공간이다. 여기서 각각의 욕계를 다스리는 주신이 존재하는 것으로 이 세상을 거기에 포함시킨다. 그럼으로써 인간의 욕망 또한 욕계로 이해하며 한갓 허상인 것과 동시에 어떠한 초월적인 이치로 전치하여 보여준다.

그럼으로써 "여기는 눈부신 그늘과 향기와/노래가 엉겨도는" 신비한 세계로 전환된다. 비록 "내게는 너무 먼 나라"일 수도 있지만, 현실의 비극 속에서 그 또한 신이 다스리는 나라라는 초월적 고원 의식과 더불어 근원적 세계를 나타낸다. 그것도 "머리 짓누르는 사바"에서. 이처럼 그녀는 욕망이 만들어 낸 세계에 대한 아포리즘을 견인하며 「플라타너스」와 같이 "빈티나는 무대로 넉넉한 길을 열어 주는" 세계로 안내하기도 한다.

4

차 한 잔 들고 창가로 가면
맞은편 101동이 성큼 다가온다

먼 나라에서 내려오신 함석지붕들
푸른 하늘 모래알 이야기를 받아 적느라
자글자글 삼매에 빠졌다

꼼꼼하게 써 내려간 경문들
구절구절 기왓장마다
흐르는 법문이 팔만이겠다

이렇게 우리 마주 보는 거울이듯
모든 동과 세대들
주고받는 선문답이 무량이겠다

구구절절 날아드는 비둘기들
벽에 갇힌 창문들도 틈틈이 귀를 열고
질서정연하게 밖으로 향해 있다

한 치 흔들림 없는 수평의 감각으로
층층이 견뎌내고 있을 천장들
모두 하나같이 바닥으로 존재할 터

내가 딛고 있는 이 자리
아래층에서 받쳐주듯
위층 이웃들 고단한 몸 뉠 수 있도록

내 생의 천장 높이 받드는 일
억겁의 업장을 녹이듯
하루하루 달게 받들어 모시는 일

삼키고 삼켜도 끓어오르는 솥단지 삼독을

식어 버린 한 모금의 찻물로 달래는
녹음이 독물처럼 퍼져 나가는 상심의 계절

저 멀리 하늘가 햇살 비추이는 아파트들
수미산 그물망처럼 펼쳐져 있다

-「아파트 인드라망」 전문

타자가 혼종하는 인드라망 세계는 개별적 존재들의 혼합으로 되어 있다. 자신만이 세계에 참여하는 것이 아니라 자신도 이 세계라는 무대에 공동체로서 구성되어 존재로 표출된다. 개인이 개인으로 연결된 세상은 부분이 전체를 이루는 각양각색의 무늬를 통해 형성된 인드라망이라고 할 수 있다. 이곳에서는 작거나 크고, 낮거나 높고, 짧거나 긴 것이 없는 마치 '모래알'처럼 모든 것이 구별되지 않는 평등에의 물질을 의미한다. 다만 이 공간에서는 서로를 서로가 덮어 주는 '함석지붕'처럼 머물러 있기에 '기왓장마다' 필요 없는 것이 없듯이. 모든 것이 기대여 살아간다. 이렇듯 기왓장 아래에 거주하는 '모든 동 세대들' 자체가 이미 '마주 보는 거울이듯' 인드라망이 아닐 수 없다.

게다가 법문이 따로 있는 것이 아니라 그사이 '주고받는 선문답'처럼 "구구절절 날아드는 비둘기들"의 말이 화두가 되며 그것을 "벽에 갇힌 창문들도 틈틈이 귀를 열고" 듣는 진리가 된다. 이처럼 아파트에서 불국토를 소환하는 그녀는 거기서 화엄을 발견하고 각양각색의 꽃이 피고 있음을 감득하고 위엄 있는 잡화엄식으로 나타낸다. 이를테면 모든 것이 끊어짐 없이 서 있는 아파트 공간과 공간을 통해 모든 사물과 존재가 일원론적으로 연결되어 있다. 이는 바로 시인의 직관적 깨달음을 통해 현시되는 "꼼꼼하게 써 내려간 경문들"과 다르지 않으며 나아가 진리에 던지는 초월적 사유로서의 "그물망처럼 펼쳐져 있다"라고 언표한다.

> 풀밭 길을 걷다 물든 마음 한 자락 펼쳤다 접었다가 주머니에 넣었다 꺼냈다가 고갯마루 해가 지고 달이 지고 어느 날 문득 보이지 않아 어디 소리 없이 떨어지는 잎새였나 빈손에 감겨드는 바람이었나 고단한 이마 수그리면 갈피갈피 해가 뜨고 달이 뜨던 가방 속에도 찾을 수가 없습니다 손끝에 드리운 그림자 당신의 마음속 손수건 하나
>
> -「손수건」 전문

한편 그녀의 인드라망을 형성하고 있는 시적 그물망은 단순한 시인의 직관에서 생겨나지 않는다. 말하자면 발효되는 숙성의 시간을 통과해 생성된 성찰의 잉여물이 아닐 수 없다. 이를테면 '손수건'과 같이 "풀밭 길을 걷다 물든 마음 한 자락 펼쳤다 접었다가 주머니에 넣었다 꺼냈다가" 반복하는 사색 속에서 가능해진다. 그럴 때 하얀 손수건에 묻어 있는 땀방울은 그녀가 흘린 사색의 결과로서 여행의 흔적이 기록되는 것과 같다. '해가 지고 달이 지'는 동안 '갈피갈피 해가 뜨고 달이 뜨던' 순간을 접속하며 지나온 숙련된 언어가 바로 우리에게 '드리운 그림자'라는 '사유의 음영'으로 펼쳐진다. 그것은 언어라는 여백의 마당 가득 생의 축전같이 거리를 배회했던 기억들로 가득한 성찰로서 우리를 깨우는 "쇠망치 소리"(「폐차장으로 지는 가

을」)가 아닐 수 없다.

이선 시인이 이번 시집『목련 바라밀』을 통해 우리는 그녀가 정체 없이 이동하는 존재로서 유목적인 사유를 가진 '노마디즘(nomadism) 시인'이라는 점을 발견할 수 있다. 시인의 시편에서 의미하는 노마디즘은 시공간적인 이동만을 가리키는 것이 아니라 척박한 현실을 초월하여 새로운 생성의 현실로 변화하는 것을 추구한다. 생산적 여행자로서 노마디즘의 본질은 내부에서 외부로 나아가는 것이 아니라 시적 사유로부터 출발하여 출구 없는 출구를 통해 끊임없이 연결된 사유의 바깥을 통과하는 데 있다. 그녀의 시편은 지난한 삶의 정오에서 돌아와 외부의 세계를 "틈새 하나 없는 문"을 사유로서 다시 나아가기 때문에 "흠집 하나 없는 문턱"(「멍든 달처럼」)을 자유롭게 이동할 수 있는 것이다.

시인의 말

나의 그림자는 그대로
나의 둥지가 되리라
오늘 하루의 평화와
오늘 하루의 전쟁 속에
길 위의 모든 그림자들이
무사하길
감사히 나도 함께 걷는다

실천문학 시집선 311
목련 바라밀

2023년 12월 21일 1판 1쇄 찍음
2023년 12월 31일 1판 1쇄 펴냄

지은이 이 선
펴낸이·편집장 윤한룡
디자인 윤려하
관리·영업 이소연
홍보 고 우

펴낸곳 (주)실천문학
등록 10-1221호(1995.10.26)
주소 남양주시 퇴계원읍 퇴계원로 52 405호
전화 02-322-2161~3
팩스 02-322-2166
홈페이지 www.silcheon.com

본 도서는 인천광역시와 (재)인천문화재단의 후원을 받아
'2023 예술창작지원사업'으로 선정되어 발간되었습니다.

ISBN 978-89-392-3147-4 03810